KB126875

글벗시선 122 서정희 시조집

서산에 노을이
비낄 때

서정희 지음

도서출판 글벗

마석(磨石)이란 이름으로

에어컨 바람 없인 못 견딜 만큼 후덥지근한 한여름이 줄기찬 비와 함께 꼬리를 감추고 가을 단풍이 들과 산을 온통 물들이나싶더니 아침저녁으로 쌀쌀한 기온이 어깨를 잔뜩 움츠리게 합니다. 황금들판의 벼가 어느새 곳간에 쌓이고 각종 과일들이 함박웃음 지을 때 저마저 조그마한 열매 하날 맺게 되었습니다.

문학의 경력이라면 여고 때 문예부장을 하면서 교지에 글 몇 개 실리고 시 몇 편 묶어서 시집이라고 혼자 좋아하며 소녀다운 감성을 발산하던 일! 그것뿐인데 첫 시조집을 내다니요. 감개가 무량합니다. 내 시조에 그림 얹고, 내 그림에 시조 엮고 절친 말대로 축복입니다.

노래하듯 꿈을 꾸듯 자식 사랑에 전념하시며 아름답게 사신 나의 어머니가 가슴속 깊이 옹달샘이 되셔서 언제라도 퍼올리라 합니다.

30년간의 국내 목회 사역을 끝내고 선교사로 나섰을 때 남편 먼저 중국 하얼빈에 3개월간 다녀온 적이 있지요. 그때 처음으로 떨어져서 내가 보고 싶어 엉엉 울었다고 했어요. 무뚝뚝하고 칭찬에 인색한지라 한켠에 서운한 맘이 있었는 데 그 말 듣고 얼마나 감동했는지요. 그런 남편과 중국 운남성의 소수민족 선교사역을 10년 6개월간 둘이 역경 중에서 아름답게 마치고 돌아왔습니다. 이는 제가 시조 짓는 데 큰 자산이 되겠지요

내년(2021년)이면 70세가 되네요. 많이 내려놓고 시심이 둥지를 틀어 가고 있어요. 부족한 것을 배려로 이끌어 주시는 글벗문학회 최봉희 회장님께 감사드립니다. 묵묵히 응원해 주는 남편과 감탄사로 사기를 북돋워 주는 가족과 형제자매들께 감사드려요. 날 사랑해 주시는 주님께 영광 돌리며 앞으로 2집, 3집, 처음 마음으로 쉬지 않고 오늘도 묵묵히 돌을 갈고자 합니다.

마석(磨石)이란 이름으로!

2020년 12월에 시조시인 마석 서정희

차 례

제2부 미소가 예쁜 여인

제3부 봉선화 연가

제4부 여름의 길목에서

제5부 임의 노래

제1부
그대가 그리운 아침

가을비

빗님이
오시려나
아침이 충충하니

스산함 더해지고
가로수 은행잎들

한숨을 토해내는 양
바람 타고 우수수

이슬비
포말 이듯
뽀얗게 흩날리니

가는 길 재촉인가
오는 길 서둚인가

양지쪽 골짜기 단풍
아직 발길 잡는데

가을바람

솔바람
가을향기
코끝을 스치면서

인사만 나누이다
온몸을 들락이니

풀 매는 아낙 등줄기
땀 고일 새 없어라

간 구

암탉이
날개 아래
새끼를 모음 같이

그대의 자녀들을
온전히 품었다가

푸른 봄 약동하는 날
치오르게 하소서

겨울 숲속

눈 맞은
잎사귀의
영롱한 이슬방울

또르르 굴러 내려
청아한 소리 낸다

담담히 서두름 없이
흘러가는 계곡물

까매진
나뭇가지
햇살에 등 말리고

소나무 갈참나무
바람이 들락날락

숲속의 겨울 이야기
익어가고 있는 중

겨울 햇살

겨울비
다녀간 뒤
하얀 햇살 싱그럽고

비둘기 참새 까치
귓가에 요란한데

나뭇잎 하나 굴러와
벤치 앞에 눕는다

겨울날의 가로수

마지막
잎새마저
바람에 내어주고

검게 된 알몸 위에
덮어쓴 이끼 한 장

하늘을 향한 몸부림
미동 없는 겨울날

겨울의 문턱

바람에
팔랑이는
단풍잎 안쓰럽고

떨어져 움츠리는
마른 잎 측은할 때

싸늘한 공기 헤치고
뿌려지는 햇살들

가을의
끝자락을
빗속에 감추고

한 겹씩 벗어 던진
화려한 형형색색

퇴색해 가는 계절에
펼쳐지는 하얀 꿈

고목의 벗

한겨울
지나가고
봄날의 문을 여니

발등상 덮어주던
나의 벗 솔잎 갈잎

새순을 위한 몸부림
거름 되며 사위네

고향 생각

풍성한
가을걷이
온 동네 희희낙락

떡시루
모락모락
익는 내 진동할 새

푸드득
기러기 떼들
날아가는 춤사위

잿빛 된
초가지붕
노오란새 이엉 옷

어깨춤
사위다가
폼나게 갈아입고

마실 온 솔바람
친구 쉬어가라 부르네

과녁

연초에 지은 마음 해를 다 넘기까지
길가에 뿌리었나 공중에 흩날렸나
가던 길 멈추어 서서 돌아보는 이 마음

삭풍이 몰아치는 들판에 홀로 서서
노을빛 바라보는 가녀린 잎새 하나
파르르 추임새 넣어 덩실대는 춤사위

굽굽이 넘나들던 산 넘이 고갯마루
들썩인 호흡마다 끈적인 인고 단내
마지막 과녁을 향해 활시위를 당겨라

구름

비 개인
하늘가를
함초롬 맴돈 그대

닿을 듯 손 뻗치니
바람결 실려 가네

잡힐 듯 잡히지 않는
뽀샤시한 그대여

국수

팔팔팔
끓는 물에
훼리릭 삶은 국수

찬물에
헹궈 낼 새
설레발 침샘 이놈

아서라 며느리 온다
불기 전에 오리니

그 남자 오늘도 커피를 내린다

설렘이
일렁이고
열정이 솟아나던
젊은 날 다 보내고
한 쌍의 백로처럼
오붓이 둘이 앉아서
커피 타임 즐기네

주전자
물 끓이고
로스팅 원두 갈 때
풍기는 커피 내음
기막힌 이 향내여
사랑의 핸드드립에
고스란히 담기네

26_ 서산에 노을이 비낄 때

그대가 그리운 아침

샬따꼼
뿌린 비에
촉촉한
이른 아침
어느새
마음 먼저
저만치
달려가네
한소끔 끓어
오르다
깊어지는 그리움

그리운 날들

많은 이
젊은 날들
그립다 말하지만

나는야
늙어 좋아
치열한 삶의 시절

아침의
전쟁터 같은
일 더미가 없으니

한가지
그리운 것
아이들 올망졸망

우리만 바라본 눈
그것에 솟구친 힘

어느새 큰 나무 되어
버팀목이 되었네

기다림

아파트
정자에 늘
두 눈을 껌벅이던

노인들
아니 뵈고
훌쩍 큰 소나무들

몇 그루
가지가지에
참새들과 낯선 새

앉아서
까딱이고
날갯짓 살랑이다

어느새
숨바꼭질
해맑은 아침 햇살

벤치의 등걸이 위에
미소 띠며 누웠네

기다림(비)

걷다가
하늘 보니
아이들 오감 놀이

물감을 쏟은 듯해
또 가다 눈을 뜨니

시커먼 먹물 뭉텅이
이제 곧 널 보려나

내리사랑

내 새끼
제 아이들
이뻐서 물고 빨고
온 열정 다 쏟누나
짐승도 그렇거늘

하물며 사람임에랴
내리사랑 아닌가

내 사랑

진종일
내리는 비
바라만 봐도 좋고

소리만
나도 좋아
첫사랑 설렘인 양

널 향한 오로지 한맘
변치 않을 내 사랑

제2부

미소가 예쁜 여인

눈 오는 날

하얀 눈
펑펑 내려
길가에 소복한 날

엄마는 어김없이
대나무 빗자루를

하나씩 들려주셨네
가이까지 들뛰고

부친의
귀갓길에
빙판이 돼 버릴까

비질에 하얀 입김
말끔한 길 저만치

환하게 웃던 아버지
개선장군 같아라

눈의 연가

희뿌연 하늘에서 소롯이 내린 눈은
밤새워 나를 향해 달려온 전령사요
틀다만 목화솜 같은 하늘하늘 눈송이

바다 위 등대지기 허공에 비추이듯
외로운 사랑하고 목 놓아 부르다가
삭풍에 나뭇잎 지듯 스러져간 그대여

동기간

민들레
꽃씨 날던
아롱이다롱이네

들뛰고 부대끼며
날마다 시끌벅적

장성해 머리 맞대니
순풍이는 대소사

떠나가네. 가을이

뮤지컬
배우인 양
화려한 의상 입고

한바탕 호기롭던
그대가 떠나가니

나의 맘 어쩌지 못해
낙엽 위에 싣나니

또 오늘

눈부신
하늘빛이
아침 문 활짝 열어

눈동자 총명하니
생명은 숨 가쁘고

단풍 진 낙엽 헤치고
꽃잎들은 피어나

고운 빛
화려한 빛
꽃향기 진동하니

주름진 아낙 얼굴
시름이 쉬어가고

설렘 반 기대 반 속에
한껏 들뜬 또 오늘

또 하나의 사랑

그대가
떠난 자리
온기만 남아있어

알싸한 맘 한구석
길 떠나가려 하니

평온한 가을의 정취
살포시 날 감싸네

서산에 노을이 비낄 때

러브레터

흰 카라
단발머리
순수한 시간 속에

뛰어든 글자 몇 줄
구름에 네가 보여

이제 와 헤집은 그 맘
러브레터이었네

마음

한 계절
지나가고
또 하나 넘석하나

너만은 천방지축
참으로 태평인 채

단옷날 널뛰듯 하니
그 속 어찌 잡을까

* 넘석하다 :
목을 길게 빼고
자주 넘겨다보다

마지막 가을 인사

어젯밤
그렇게도
세차게 불어대던
광야의 찬바람이
마지막 인사였소
문 앞에 쌓아 놓아둔
수북수북 고운 잎

황망히 뛰쳐나와
떠난 곳 바라보니
저 멀리 이는 바람
그대의 숨결인가
들판의 허허로움이
온 누리에 차누나

목련 꽃봉오리

하늘을
향한 나무
두 팔의 염원 속에

오롯이 담아낸 기
골고루 나눠 주니
찬란한 햇살 입고서
꽃봉오리 맺었네

한 개만
똑 따다가
먹물을 듬뿍 묻혀

붓 삼아 화선지에
봄 동산 그려볼까

목련화 꿈의 전령사
매혹적인 내 사랑

바람

때마다
싱그러운
향 가득 물고 와서

내 입술 머금게 해
아 나는 그만이야

그대의 포로가 되어
헤어나지 못하네

48_ 서산에 노을이 비낄 때

미소가 예쁜 여인

구름을
가르면서
힘차게 하늘 나는

날갯짓 새들처럼
풋풋한 젊음 하나

축복의 삶의 한마당
싱그러운 미소여

바람 부는 날

햇살과
조우하는
나무들 비집고서
바람이 수작하니
소나무 미동 없고
물오른 가지 연두 잎
실눈 뜬 채 배시시

길가의
은행나무
바람의 놀이터라
가치 집 앉아 있는
가지 위 촐싹대니
휙 날은 어미 새 하나
쏜살같이 오르네

바람과 햇빛

미친년(女)
널뛰듯이
들 나귀 겅중대듯

세찬 너 휘몰아쳐
봄 동산 주눅 드니

살포시 햇빛 다가와
한 줌 한 줌 앉는다

바위

험한 산
오르느라
턱까지 차오른 숨

숲속을 들썩이니
따스한 눈길 그대

풍상에 닳아 둥그런
하얀 등판 내미네

밤비

나 그가
그리워서
열망을 하였더니
온 대지 적셔놓고
잠든 밤 열린 창가
바람과 함께 찾아와
고뿔 흔적 남기네

54_ 서산에 노을이 비낄 때

벚꽃

엇그제
온 듯한데
바람이 야속하네

낙화 돼 날아가니
병 속에 흔적 담아

그리움 사무치는 날
그대인 양 보리라

아침 햇살과 커피향

나무들
병풍 치듯
둘러선 하늘 아래

눈부신 아침 햇살
모퉁이 돌고 돌아

커피향 퍼진 창가에
기다랗게 눕는다

제3부

봉선화 연가

보고픈 엄마

그리움
꾸역꾸역
삼키어 보려 해도

솟구친 분수처럼
걷잡을 수가 없어

다 하지 못한 발길에
깊은 회한 남누나

보이차

운남성 깊은 산속 맑은 샘 들이키고
수천 년 나이테로 우뚝 선 고차수잎
소태맛 약이로구나 감돌다가 남은 향

수천 길 낭떠러지 말들의 곡예행렬
야크젖 보이차로 허기를 달래었네
이제는 전설의 노래 차마고도 애달파

냉랭한 세포마다 뜨겁게 살아나고
잔마다 감도는 맛 저마다 희귀하다
보이차 오래된 친구 너 하나로 족하다

봄

오늘도
그대 오는
길목에 기대서니

고운 빛 시린 눈에
잔잔한 설렘 일고

사방에 터진 꽃망울
들뜬 여심 홀리네

봄날

심지가
곧은 그대
바람이 앙탈 부려

눈 흘겨 째려봐도
오는 길 접지 않고

계절의 문 활짝 여니
숨어 버린 먹구름

봄날의 그리움

철쭉꽃
천지사방
빨갛게 물들이니

내 가슴 뜨거워져
갈증의 단내 일고

살랑댄 버드나무가
그리움을 돋우네

봄날의 비나리

그믐밤
보다도 더
새까만 장막 걷고

뜨락에 *함초롬히
피어난 목련송이

*그린내 풋풋한 사랑
설렘으로 다가와

수선화
흐드러져
고결함 풍겨나고

입맞춤 *달보드레
홍조 띤 *예그리나

봄날의 *비나리 속에
한껏 들뜬 사랑꾼

* 함초롬히 : 차분하고 곱게
* 그린내 : 연인
* 달보드레 : 입에 당길 정도로 조금 달콤한
* 예그리나 : 사랑하는 우리사이
* 비나리 : 축복

봄날의 행진

꽃비가
흩날려요
눈부신 그대 모습

넋 놓고 바라보니
볼에도 입술에도

살포시 스쳐 지나며
은은한 향 남기고

고목의 옹이처럼
단단히 박혀 있는

가슴속 응어리를
한 점의 착오 없이

봄날의 행진 이어져
풀어주고 가네요

봄바람과 야생화

천지가 제집인 양
사방을 활보하는
난봉꾼 바람 녀석
꽃망울 터뜨리고
어느새 훌쩍 날아가
산등성이 앉았네

산에는 가지가지
야생화 천국이라
현호색 진달래가
위아래 어우러져
바람에 흔들리나니
진동하는 향내여

봄의 왈츠

따스한 햇살 먹은
강가의 버드나무

팔 벌린 가지마다
노란 움 틔워 내고

흐르는 물소리 맞춰
발끝 세워 춤춘다

봄인가 봐

겨우내
풍설 맞고
움츠린 덤불 사이

산비탈 양지 녘에
뾰족한 새싹들이

연둣빛 모자 쓰고서
눈 비비며 앉았네

봉선화 연가

벗님의 혼이 담긴 봉선화 씨와 모종
그 사랑 부응하듯 뒤뜰에 만개하니
길냥이 그 그늘 아래턱 고이고 눕나니

내 눈도 넋을 잃고 머물 곳 몰라하니
숭고한 그 뜻대로 천지를 물들이네
보내기 아쉬운 이맘 손톱 위에 남기리

봉희 씨

훈훈한 바람 되어
산과 들 골짜기에

사랑꽃 피워내고
꽃향기 머금은 채

찬란한 푸른 꿈꾸는
멋진 사내 봉희 씨

부성애

아들이
어렸을 때
오락실 게임 하고

종아리 걷었다네
말없이 갔다 해서

자는 놈 연고 바르며
눈물짓던 그 아비

비야

넌 나의
연인이고
최고의 기쁨이야

아리고 슬플 때에
불현듯 찾아와서

한가득 고인 눈물로
촉촉하게 적시니

비연 飛燕

갈증 난
그리움을
촉촉이 적셔 주고

신록이 우거지는
이 비가 그쳐 나면

제비가 하늘 날듯이
나도 훨훨 날으리

비 오는 날

행여나
그대가 날
그리워 찾을 테면

지금 곧 오시구려
주름이 열개라도

만면에 희색을 띠고
반겨 안아 주리니

비상하라 새날에

아무도
찾지 않는
외진 곳 바닷가에

겨울 새 분주 하게
물속을 곤두박질

봄날의 긴 여행 위해
배 불리고 있구나

갈댓잎
구름 따라
찬 울음 윙윙 대고

두루미 청둥오리
한발로 버텨 섰네

쭉 벋은 나뭇가지처럼
비상하라 새날에

제4부

여름의 길목에서

사월이여 그대여

봄날의 전령사들 앞다퉈 피어나고
스러져가고 난 뒤 허전함 느낄세라
목련화 벚꽃 만개해 횅한 가슴 채워줘

휘젓는 바람결에 향내가 진동하니
그리움 물결일 듯 가슴이 출렁이네
귓가에 스친 그리움 사월이여 그대여

산 꾼의 숨소리

깊은 밤
차락차락
하얗게 덮인 이불
폭 싸인 포근함에
날 샌 줄 모르다가
뿌려진 햇살 영롱해
눈을 뜨는 숲이여

도토리
다 떨구고
누구를 기다리나
산길 가 떡갈나무
무심히 떨고 섰네
탁탁탁 찍어대는 그
귀에 익은 발소리

산등성
굽이마다
외롭지 않겠구나
산사람 그리움에
불타는 산 사람들
청량한 숲속의 소리
거친 숨을 고르네

살아갈 날을 위하여

햇살이
부서지는
찬 공기 먹은 아침

임 그린 설렘 안고
새해의 문을 여네

순수한 열정 펼치던
처음 사랑 가지고

서산에 노을이 비낄 때

산마루
고갯길을
임의 손 마주 잡고

슬그덕 넘어가니
한바탕 갈바람이

흥건한 땀의 등줄기
뽀송하게 말리네

흉흉한
세월의 삶
넘실댄 파도 같아

둘이서 깍지 끼고
너끈히 타고 넘네

서산에 노을 비낄 때
곱게 물들 그대여

석곡의 꿈

파랗게
질린 나를
낮에는 고운 햇빛

밤에는 아늑한 속
그 정성 갸륵하니

꽃 피워 나 보답하리
삭막한 이 계절에

설국차

내 고향
고산지대
쿤룬산 삼천 미터

산 구름 맞닿은 곳
그립고 그리워라

애달픈 가슴 붙안고
국향 되어 날으리

신선한
바람 타고
꽃피운 나의 사랑

푸르던 옛 추억을
꿈꾸듯 그려 보니

보고픈 마음 붉게 타
짙은 향내 풍기네

설 명절

설 명절
다가오니
마음이 더 분주해

아들네 딸네 가족
모여서 희희낙락

설렘 속 번거로움에
이내 손길 바쁘다

사위고
며느리고
우리 식성 닮아 가니

간장 게장 눌러놓고
식혜를 담근 후에

노부부 만두 빚으며
밤 가는 줄 모르네

소나무

힘차게
문을 여는
새날의 첫 발걸음

설렘 속 두렵안고
청초한 그를 보니

푸르름 기상 가지고
한발 한발 가라 하네

소쿠리 벽걸이

상추쌈
오이 당근
보드레 신선한 향

품을 때 좋았어라
세월에 나도 쇠해

가슴에 예쁜 글 달고
그대 마주 보리라

슬픈 사랑

하늘가
뜬구름에
그녀의 얼굴 둥실

눈동자 깊은 곳에
가만히 숨겨놓고

그 남자 혼자 그리다
그리다가 갑니다

시인이여

머얼리
떼어 놓고
찬찬히 보노라면

비로소 눈에 드니
구들장 온기처럼

따스한 가슴이 되어
이 겨울을 녹여 주

한겨울
북풍설한
이겨내 씨 뿌리고

향기로 가득 차게
꽃동산 이루어서

벌 나비 잠겨 취하게
요모조모 가꾸면

신호는 여전한 데

가을이
깊어가고
스산한 바람 부니

그리움 단풍잎에
물들어 붉게 타고

가신 임 애달픈 강물
헤어날 길 없어라

익숙한
번호 하나
손가락 가는 대로

누르고 눌러 봐도
신호는 여전한 데

돌아올 기미 없으니
아 무심한 어머니

아침 찬가

나무에
깃들었던
참새들
털 고르고
고갯짓 분주하니
작은 배 볼록하다
어느새 퍼져 난 햇살
활짝 열린
이 아침

아침 풍경

아이들
시끌벅적
놀다 간 담장 밑에

참새랑 비둘기들
아침이 요란하니

어머나 선잠 깨었나
개나리꽃 보게나

어릴 적에

봄볕 쬔
마루 밑의
아버지 헌 구두 짝

조을며
앉아 있고
주둥이 쌀겨 묻힌

돼지 놈
그렁거리며
낮잠 자던 그 시간

성급한
봄나물들
냉이 쑥 캔 바구니

호미랑
팽개치고
내복 위 깡통 치마

고무줄놀이 신이 나
삼월 하늘 날았네

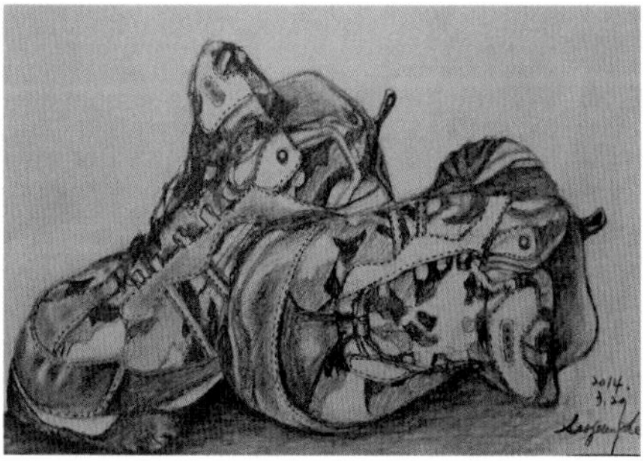

엄마의 김치찌개

끓이고
또 끓이어
곰삭듯 깊은 맛이

맷돌짝 션찮아도
흐물쩍 넘겨지니

천하의 산해진미가
따라올 수 없으리

엄마의 부재

댓돌 위
흰 고무신
정갈히 놓여 있어

오일장 가시려나
잔칫집 가시려나

목 빼고 기다리는데
파고드는 찬바람

에스프레소

그대를
향한 눈길
뜨겁게 타올라서

귀여운 데미타세
소중히 감싸 쥐고

입으로 몸으로 느낀
진한 여운 인생 맛

여름휴가

울릉도
통통배가
물살을 좌악 갈라

뱃전에 철썩대니
아이들 까르르르

부모 맘 새가슴 되어
철렁이던 여름날

여름의 길목에서

이른 비
늦은 비로
골고루 나누이면

하루를 그렁저렁
예쁘게 살겠구나

비 온 뒤 무지개 보며
맑은 차도 내리고

제5부

임의 노래

옆 지기

민둥산
하얀 갈대
바람에 흩날리듯

사십 년 옆 지기의
백발이 애처롭네

오늘도 그가 내려준
커피 향에 젖나니

은행잎과 철새 떼

은행잎
가로수길
노랑 비 쏟아내고

가쁜 숨 고르는 듯
누워서 하늘 본다

희뿌연 잿빛 하늘에
날아가는 철새 떼

이 가을에

기다린
만큼이나
성숙해 돌아와 준

근사한
임의 모습
설렘의 떨린 가슴

꽃 나비 향연에 묻고
고운 미소 날리네

임의 노래

이마에
송글인 땀
엄마의 수건 젖고

달궈진 밭이랑에
솔바람 몰고 오니

아리게 스민 그리움
노래되어 날으네

장맛비

밤새껏
부는 바람
가로수 잎 물방울

사그리
거둬 가고
잔재한 어둠 속에

하나둘
잠에 빠질 때
내 눈만은 말똥해

훅 끼친
바람 속에
여전히 그리움은

촉촉이 스며들어
새벽을 가르는데

오가지 못하는 발길
빗소리만 요란해

점심

총각무
손에 들고
밥 한술 무 한입을
맷돌짝 갈아대듯
볼우물 터져나니
임금님 수라상인들
따를 수가 있으랴

주머니(1)

그대는
내 안식처
볕 좋은 뒤뜰 마루

오갈 데 없는 주먹
맥없이 흔들릴 때

파고든 작은 구석방
영락없는 엄마 품

주머니 (2)

그대는
우리 사랑
찬바람 쌩한 겨울

내 임과 깍지 끼고
머물던 아늑한 곳

풋풋한 설렘 가지고
꽁냥꽁냥하던 그

찻집 아저씨

보이 차
홍차 백차
손님은 아니 뵈고
주인장 홀로 앉아
찻물을 내리나니
사랑춤 추는 학인 양
고고한 그 손 사위

떫고 쓴
팔팔함이
죽어진 숙성의 맛
인생사 굽이치듯
세월을 마시나니
아련한 추억거리가
차향 되어 흐르네

철쭉꽃 찬미

핏빛은
그대와 나
불타는 사랑 같고

진분홍 황홀함에
취하여 잠기나니

백 철쭉 화관 만들어
오월 신부 되고파

첫사랑

한가위
뒷전이고
설레는 운동회라
갖가지 연습 중에
신나는 포크댄스
단 한 번 짝꿍인 소년
아른아른거리네

초록 여름

꽁지를
까딱이고
새들이 조는 봄날

연둣빛 짙어지어
꽃향내 진동하니

한 줄기 바람 불어와
초록 여름 알리네

춘설

고개 민
봄 아가씨
차끈한 바람 부니

기겁해 웅크리고
송아지 젖 먹이던

암소의 덕석 사이로
춘설 꽃이 날리네

2020.10.14

116_ 서산에 노을이 비낄 때

탕게라

– 탱고 추는 여인

경쾌한
만돌린의
연주와 하나 되어

온 세상 시름 따위
박자에 튕겨 내고

탕게라 기교한 몸짓
불꽃 되어 날으네

하늘

우중충
흐리다가
푸르고 정갈하니

변검의 귀재로세
나 항상 사모 하나

드넓어 갖지 못하니
그 품 안에 안기오

향수

허리춤
책보 풀어
마루에 던져두고

우물물 한 두레박
양푼에 찰랑찰랑

뙤약볕 보리밭 매다
함빡 웃는 어머니

회상

그대와
도란도란
거닐던 가로수길
웃자란 풍성한 잎
어느새 그늘 주고
파아란 하늘가 구름
무심한 듯 떠가네

풋풋한
젊음 위에
허벅지 튼실하여
걷는 것 뛰는 것이
야생마 같았구나
구름 위 날개를 달고
너울대는 조각들

희망찬 새해

손으로
감싸 쥐면
잡힐 듯 붉은 것이

두둥실 불끈 솟아
온 누리 퍼져 가네

저마다 꿈꾸던 복을
모두 함께 누리길

첫사랑
푸른 바다
애달게 바라보다

햇살에 스러져 간
새벽 별 시린 눈물

수많은 조각별 되어
물결 따라 춤추네

까치밥
붉은 홍시
눈 모자 눌러 쓸 새

귓가에 들려오는
행진의 물결 소리

칼바람 불어오너라
온몸으로 맞으리

사랑 빛깔로 수놓은 노을빛 인생

최 봉 희(시조시인, 평론가, 글벗 편집주간)

 젊은 시절의 순간은 참으로 곱고 아름다운 법이다. 작가에게도 시인에게도 누구에게나 다 그렇다. 어느덧 나이가 들어 겨울에 얼음에 굳어진 듯, 나무에 옷깃이 걸린 듯, 바위에 눌린 듯 그렇게 철모르게 세월은 지나가고 말았다.
 인생은 어쩌면 과녁을 향해 날아가는 활과 같다. 어느 한 시인은 마지막 과녁을 향해 오늘 마지막 활시위를 당기고 있다.
 한 해를 마무리하는 12월에 시조집 『서산에 노을이 비낄 때』을 쓴 서정희 시인의 시조집을 일독했다.

> 연초에 지은 마음 해를 다 넘기까지
> 길가에 뿌리었나 공중에 흩날렸나
> 가던 길 멈추어 서서 돌아보는 이 마음
>
> 삭풍이 몰아치는 들판에 홀로 서서
> 노을빛 바라보는 가녀린 잎새 하나
> 파르르 추임새 넣어 덩실대는 춤사위

굽굽이 넘나들던 산넘이 고갯마루
들썩인 호흡마다 끈적인 인고 단내
마지막 과녁을 향해 활시위를 당겨라
- 시조「과녁」전문

서정희 시인은 마음은 언제나 청춘이다. 오늘도 속눈썹
깜박이면서 열심히 시조를 쓰면서 자신이 좋아하는 그림을
마음껏 그리고 있다.
그래서 시인은 행복하다. 이제는 마음의 평화가 무엇인지
알게 되었고 사랑의 삶과 노을의 끝이 무엇인지도 깨닫게
되었다.

문학의 경력이라면 여고 때 문예부장을 하면서 교지에 글
몇 개 실리고, 시 몇 편 묶어서 시집이라고 혼자 좋아하며
소녀다운 감성을 발산하던 일! 그것뿐인데 첫 시조집을 내
다니요. 감개가 무량합니다. 내 시조에 그림 얹고, 내 그림
에 시조 엮고 절친 말대로 축복입니다.
- 시인의 말「마석이란 이름으로」중에서

시인의 행복 안에는 사랑이 담겨 있다. 그것은 하늘이 내
린 축복으로 여기는 삶이다. 성직자의 아내로 오롯이 살아
온 삶, 그가 쓰는 사랑의 시심을 살펴보고자 한다.
이번에 상재한 시조집에 본인의 삶을 담은 시조를 쓰고
그림을 직접 그렸다.

사람들은 왜 노을을 바라보는 것일까? 불타오르는 석양 때문일까? 아니면 해가 지는 찰나의 순간이 아름답기 때문일까?

노을을 바라보고 나면 거대한 잔상이 남는다. 이때 누구에게나 감정에 물결을 일으키는 것은 부인할 수 없다. 서정희 시인은 지금 70이라는 나이에 임과 함께 인생의 산마루 중턱을 마주 잡고 넘고 있다. 이때 노을을 만나게 되고 산 중턱에 오른 순간 갈바람이 땀의 등줄기를 말린다. 그리고는 프랑스 인상파 화가 '클로드 모네'처럼 노을이 비끼는 찰나의 순간을 시조와 그림으로 남기고 있는 것이다.

옛날이나 지금이나 사람들이 노을의 일시적인 아름다움을 찾는 것은 우리가 순간을 살아가기 때문이리라. 지금, 이 순간에도 시간은 파도처럼 너끈히 흘러가고 있다. 저녁이 되면 또 하나의 아름다운 노을이 지는 상황을 우리는 만날 것이다.

산마루 / 고갯길을
임의 손 마주 잡고

슬그덕 넘어가니
한바탕 갈바람이

흥건한 땀의 등줄기
뽀송하게 말리네

흉흉한 / 세월의 삶
넘실댄 파도 같아

둘이서 깍지 끼고
너끈히 타고 넘네

서산에 노을 비낄 때
곱게 물들 그대여
— 시조 「서산에 노을이 비낄 때」 전문

 우리는 지금을 살아가는 존재이지만 우리는 오늘의 순간
을 망각한다. 이런 망각은 시간을 무한대로 착각하게 된다.
오늘 시인이 그려내는 노을은 순간이 아름다움이기도 하지
만 우리가 살아 있음을 깨닫게 하는 자연의 아름다운 이야
기가 아닐까? 그것도 짧은 인생에서 사랑하는 사람과 차
한 잔을 나누는 여유와 노을을 바라보는 따뜻함은 시인의
삶을 살찌게 한다.

설렘이 / 일렁이고
열정이 솟아나던
젊은 날 다 보내고
한 쌍의 백로처럼
오붓이 둘이 앉아서
커피 타임 즐기네

주전자 / 물 끓이고

로스팅 원두 갈 때
풍기는 커피 내음
기막힌 이 향내여
사랑의 핸드드립에
고스란히 담기네
– 시조 「그 남자 오늘도 커피를 내린다」 전문

　글을 쓰는 서재에서 사랑하는 사람이 끓여주는 향긋한 커
피 한잔의 향기는 어떨까? 시인은 자신의 모습을 '한 쌍의
백로'라고 표현한다. 그리고 그 커피 향기에 흠뻑 빠져든
다. 백발이 성성한 두 사람이 사십 년을 살아가는 모습이
애처롭지만 마치 그림을 만난 듯이 시인은 커피 향기에 푹
빠져드는 것이다.

민둥산 / 하얀 갈대
바람에 흩날리듯

사십 년 옆 지기의
백발이 애처롭네

오늘도 그가 내려준
커피 향에 젖나니
– 시조 「옆 지기」 전문

　세계적으로 볼 때 커피는 문학사에서 빼놓을 수 없을 정
도로 자주 등장한다. 어니스트 헤밍웨이의 작품 『누구를

위하여 좋은 울리나』에 이런 구절이 나온다.

> 그녀와 둘만 남게 되자 남자는 커피잔을 스푼으로 휘저으며 어떤 형태로 욕망을 끄집어낼까 생각했다. 그녀가 말했다. "커피가 식어요"라고. 그리고 나서 그녀는 웃었다. 그는 커피를 마시며 얼굴이 붉어지는 것을 느꼈다.

커피는 어쩌면 우리들의 욕망을 그대로 담은 자극성이 있다. 그리고 그 커피는 만남의 촉진제로 작가와 함께 하는 것이다.

우리나라에도 커피를 좋아하는 시인이 있다. 다형(茶兄) 김현승 시인이다. 그의 수필 『나의 커피』에서 "약간의 자극성과 볼륨이 있어 적당히 흥분시키고 때로는 적당히 진정시키는 음료"라며 커피를 예찬한다. 김현승 시인은 손수 커피를 끓여 커피를 즐기는 시인이다. 그는 온종일 사발 커피에 짭짤한 비스킷이나 밤 과자를 곁들여 마시곤 했다고 한다. 그의 방안에는 언제나 커피 향기가 끊이지 않았다.

그뿐인가. 차를 무척이나 사랑하는 또 다른 시인을 꼽는다면 나는 서정희 시인을 꼽고 싶다. 서정희 시인은 커피를 좋아하는 것은 물론 차(茶)의 전문가다. 그의 시조에는 차를 소재로 한 시조 작품이 참 많다. 어쩌면 차는 하늘이 빚은 축복이고 삶을 이끄는 행복의 하나가 아닐까?

나무들
병풍 치듯
둘러선 하늘 아래

눈부신 아침 햇살
모퉁이 돌고 돌아

커피향 퍼진 창가에
기다랗게 눕는다
  - 시조 「아침 햇살과 커피향」

　시인은 아침을 커피 향으로 시작한다. 나무들이 병풍 치
듯 아름다운 자연에서 눈부신 아침 햇살을 받는 가운데 커
피 향기로 하루를 사색하고 은은한 삶의 축복을 누리는 것
이다. 그것은 시인만이 간직하는 행복이 아닐까?

보이차 / 홍차, 백차
손님은 아니 뵈고
주인장 홀로 앉아
찻물을 내리나니
사랑춤 추는 학인 양
고고한 그 손 사위

떫고 쓴 / 팔팔함이
죽어진 숙성의 맛
인생사 굽이치듯
세월을 마시나니

아련한 추억거리가
차향 되어 흐르네
    - 시조 「찻집 아저씨」 전문

 얼마나 멋진 표현인가. 차를 "떫고 쓴 팔팔함이 죽어진
숙성의 맛"이라고 표현하면서 차향은 '세월'이며 아련한
'추억'이며 '사랑'이라고 말한다. 그 차의 향기는 한마디로
'사랑의 향기'다.
 서산에 저녁노을이 질 무렵 커피향기, 차 향기가 가득한
삶을 생각해 보라. 얼마나 아름다운 모습인가. 이처럼 지긋
한 칠순의 나이에 향기 가득한 커피와 저녁노을이 어우르
는 공간에서 시인의 시 작품은 사색의 정감이 빛을 발하지
않을 수 없다.

운남성 깊은 산속 맑은 샘 들이키고
수천 년 나이테로 우뚝 선 고차수 잎
소태맛 약이로구나 감돌다가 남은 향

수천 길 낭떠러지 말들의 곡예행렬
야크젖 보이차로 허기를 달래었네
이제는 전설의 노래 차마고도 애달파

냉랭한 세포마다 뜨겁게 살아나고
잔마다 감도는 맛 저마다 희귀하다
보이차 오래된 친구 너 하나로 족하다
    - 시조 「보이차」 전문

잘 만든 보이차는 시간이 지날수록 맛과 향이 부드럽고 깊어진다. 적절한 환경에서 오래 보관한 보이차일수록 떫은맛이 적어지고 향기가 오래도록 지속한다고 한다. 인생도 마찬가지다. 냉랭한 세포마다 뜨겁게 살아나는 그 희귀한 맛은 마치 오래된 친구와 같으리라. 그래서 시인은 차를 찾아서 그 향기를 찾아서 오늘도 시를 쓰고 있는 것은 아닐까?

> 내 고향 / 고산지대
> 쿤룬산 삼천 미터
>
> 산 구름 맞닿은 곳
> 그립고 그리워라
> 애달픈 가슴 붙안고
> 국향 되어 날으리
>
> 신선한 / 바람 타고
> 꽃피운 나의 사랑
>
> 푸르던 옛 추억을
> 꿈꾸듯 그려 보니
>
> 보고픈 마음 붉게 타
> 짙은 향내 풍기네
> – 시조 「설국차」 전문

설국차는 중국 신장 곤륜산맥 3,600m 설산에서 자생하는 설국으로 만든 차다, 산 구름 맞닿은 곳에서 자라난 국화를 차로 우려낸 그 추억과 사랑, 어쩌면 시인이 꿈꾸고 소망하는 사랑이 아닐까. 어쩌면 노을이 붉게 타는 젊은 날의 사랑과 추억을 회상하는 추억이리라.

곤륜설국(昆崙雪菊)은 '천산설국'으로도 불린다. 중국 신강지역의 곤륜산에서 자라는 야생국화다. 생리적 특성상 인공재배가 어려운 데다가 재배면적이 매우 협소하여 생산량도 무척 적고 무척 비싼 차다. 국화차는 그 향기가 너무 강하고 맛도 쌉쌀해서 그다지 많이 마시게 되지 않는다. 그러나 그 풍미가 농후하며 매우 부드럽고 편안한 느낌이 드는 좋은 차다.

서산에 노을이 비낄 때 시인이 마시는 설국차, 정말 특별하지 않은가. 그 차를 마시는 시인의 마음은 어떤 마음일까? 한 마디로 '사랑을 담은 향기'라고 말하고 싶다.

첫 시조집 『서산에 노을이 비낄 때』에 등장하는 사랑의 형태는 다양하다. 첫사랑, 내리사랑, 외로운 사랑, 슬픈 사랑, 자연 사랑(꽃, 나무, 계절), 하나님에 대한 사랑 등을 담고 있다.

시인은 칠순의 나이가 되어 '서산에 노을이 비낄 때' 시인은 살아온 삶의 모습을 회상하고 반추하게 된다. 그리고 그 받아온 사랑과 겪어온 사랑을 떠올리기 마련이다.

사랑의 형태에는 에로스(Eros), 스토르게(Storge), 필리아(Philia), 아가페(Agape)가 있다. 쉽게 이해하자면 인생에서의 사랑을 정리하면 다음의 말로 대신할 수 있다.

> 인간은 '에로스'에 의해 태어나고 '스토르게'에 의해서 양육 받으며, '필리아'에 의해서 다듬어지고, '아가페'에 의해서 완성된다

에로스(Eros)는 큐피드라고도 불리는 사랑과 정욕의 신이다. 우정이나 애정은 상대방의 장점이나 매력(魅力) 때문에 생겨난다. 만일 매력(魅力)이 없어지면 사랑은 소멸(消滅)하거나 약화(弱化)된다.

먼저 서정희 시인의 시조작품에 나타난 '사랑의 모습'을 분석해 보자.

초등학교 시절, 가을 운동회를 준비하면서 만난 어느 소년과 만남을 통한 설렘과 풋풋함이 가슴에 다가온다. 지난 추억을 회상하니 반짝거리는 그 순수한 모습이 그리움인 것이다.

> 한가위 / 뒷전이고
> 설레는 운동회라
> 갖가지 연습 중에
> 신나는 포크댄스
> 단 한 번 짝꿍인 소년
> 아른아른거리네

- 시조 「첫사랑」 전문

어느 봄날의 철쭉꽃을 보면서 키운 사랑의 소망을 담은 시조 작품도 있다. 사랑의 모습을 붉은 빛깔로 그림을 그리듯이 시조를 표현하고 있다. 그 사랑은 불타는 사랑으로 황홀하다. 마침내 하얀 철쭉으로 화관을 만든 오월의 신부가 되는 사랑인 것이다. 불타는 듯한 붉은 빛의 사랑과 백철쭉의 신부의 화관으로 대비되는 표현이 인상적이다.

핏빛은 그대와 나
불타는 사랑 같고

진분홍 황홀함에
취하여 잠기나니

백철쭉 화관 만들어
오월 신부 되고파
- 시조 「철쭉꽃 찬미」 전문

시조에 나타난 것처럼 그 사랑은 설렘이 가득한 순수한 사랑이다. 이 사랑은 온전히 감성적이며 열정적인 사랑이며, 상당 부분 첫눈에 빠지는 사랑입니다. 바라만 봐도 가슴이 뛰고, 소리만 들어도 두근거리는 마음, 손만 잡아도 전류가 백만 볼트 전류가 흐르는 짜릿한 사랑이지요. 바로, 에로스(Eros)의 사랑이다.

내리는 비
바라만 봐도 좋고

소리만 나도 좋아
첫사랑 설렘인 양

널 향한 오로지 한맘
변치 않을 내 사랑
- 시조 「내 사랑」 전문

그렇다고 그 사랑은 달콤한 것만이 아니다. 변치 않을 사랑을 약속하고 다짐하건만 짝사랑으로 머물거나 애달프기도 하고 외로운 사랑으로 존재한다. 그리운 임은 내 마음에 머물고 늘 떠오르는, 보고픈 사랑이지만 홀로 그리다가 사라지는 노을처럼 사라지는 것이다.

하늘가 뜬구름에
그녀의 얼굴 둥실

눈동자 깊은 곳에
가만히 숨겨놓고

그 남자 혼자 그리다
그리다가 갑니다
- 시조 「슬픈 사랑」 전문

사랑은 때로는 찬바람이 이는 매몰찬 사랑도 있다. 아늑한 공간을 추억하는 소중한 사랑 속에서 설렘의 사랑, 꽁냥꽁냥하는 모습까지 애틋한 사랑을 추억하면서 그 사랑을 꿈꾸고 열마하는 사랑이다.

　　그대는 우리 사랑
　　찬바람 쌩한 겨울

　　내 임과 깍지 끼고
　　머물던 아늑한 곳

　　풋풋한 설렘 가지고
　　꽁냥꽁냥하던 그
　　- 시조 「주머니(2)」 전문

　두 번째 사랑은 스토르게(Storge)다. 혈육애(血肉愛)를 말한다. 부모 자식 사이의 피로 얽힌 사랑이다. 피는 물보다도 짙고 호르몬보다도 강하다. 그러므로 부모와 자녀간의 혈육애(血肉愛)는 어느 사랑보다도 강(强)하다. 친자간(親子間)의 사랑은 끊으려야 끊을 수 없다. 그것은 인륜(人倫)을 넘어서 천륜(天倫)이다.

　　내 새끼 제 아이들
　　이뻐서 물고 빨고

온 열정 다 쏟누나
짐승도 그렇거늘

하물며 사람임에랴
내리사랑 아닌가
 - 시조 「내리사랑」 전문

 자식이 어려운 상황이나 극한 상황에서도 부모의 사랑은
절대 변하지 않는다. 자식을 측은(惻隱)히 여기는 마음은
더욱 강(强)해진다. 한마디로 '내리사랑'이다. 그 때문에
가장 확실하고 가장 믿을 수 있는 것은 부모의 사랑이다.
가장 순수하고 이기적(利己的) 욕망을 떠난 사랑은 부모의
자식에 대한 사랑이다. 그런 의미에서 '어머니의 사랑'이
사랑 중에서 아름다운 사랑이 아닐까 한다. 휴가를 떠나서
도 맘 졸이는 부모의 사랑을 엿볼 수 있는 시조다.

 울릉도 통통배가
 물살을 좌악 갈라

 뱃전에 철썩대니
 아이들 까르르르

 부모 맘 새가슴 되어
 철렁이던 여름날
 - 시조 「여름 휴가」 전문

셋째는 필리아(Philia)다. 그리스어로 친구 사이의 우정 혹은 사랑을 의미한다. 특히 사춘기 시절의 열정과 불안, 순수함을 고스란히 간직하고 있는 친구 관계, 그리고 그 관계에서 묻어나는 이야기들을 더듬어 가며 지나간 기억을 떠올린다.

희뿌연 하늘에서 소롯이 내린 눈은
밤새워 나를 향해 달려온 전령사요
틀다만 목화솜 같은 하늘하늘 눈송이

바다 위 등대지기 허공에 비추이듯
외로운 사랑하고 목 놓아 부르다가
삭풍에 나뭇잎 지듯 스러져간 그대여
– 시조 「눈의 연가」전문

이 시조에 나타난 그대는 하얀 눈이요 사랑의 전령사다. 겨울날 밤새워 나를 향해 살며시 달려온 사랑이다. 그 사랑은 외로운 사랑이다. 그 사랑은 나뭇잎처럼 눈처럼 그렇게 사라져간 친구이자 어느 지인이 아닐까 한다. 그대가 떠난 그 자리에는 마음은 알싸한 아픔이 있고 그 흔적만 남아 있을 뿐이다. 그 사랑은 자연일 수도 있고 친구일 수도 있다. 때로는 쓸쓸하게 나를 성장시키고 나를 살찌우는 사랑임이 분명하다.

그대가 떠난 자리

온기만 남아 있어

알싸한 맘 한구석
길 떠나가려 하니

평온한 가을의 정취
살포시 날 감싸네
- 시조 「또 하나의 사랑」

시인은 시조를 쓰는 것뿐만이 아닌 그림까지 그린다. 사실 시인은 시로 그림을 그린다. 그런데 그림으로 시를 쓰는 경우가 있다. 바로 서정희 시인이 그런 분이다. 스스로 독학으로 그림을 그리는 듯하다. 매년 글벗시화전이 열릴 때마다 직접 자신이 쓰고 그린 시화작품을 출품한다. 그가 사랑하는 필리아는 바로 시조 작품이요 자신이 직접 그린 그림이 아닐까?

하늘을 향한 나무
두 팔의 염원 속에

오롯이 담아낸 기
골고루 나눠 주니
찬란한 햇살 입고서
꽃봉오리 맺었네

한 개만 똑 따다가

먹물을 듬뿍 묻혀

붓 삼아 화선지에
봄 동산 그려볼까

목련화 꿈의 전령사
매혹적인 내 사랑
-시조 「목련 꽃봉오리」

그의 인생에서 중요한 친구는 바로 자연이다. 그리고 그
가 시로 표현하고 그림으로 자신의 삶을 표현하고 있다.
다시 말해 자연의 모든 것, 들꽃, 나무, 동물 등이 그의 친
구가 되고 열정이 되고, 사랑이 되는 것이다.

그믐밤보다도 더
새까만 장막 걷고

뜨락에 함초롬히
피어난 목련송이

그린내 풋풋한 사랑
설렘으로 다가와

수선화 흐드러져
고결함 풍겨나고

입맞춤 날보드레
홍조 띤 예그리나

봄날의 비나리 속에
한껏 들뜬 사랑꾼
—시조 「봄날의 비나리」 전문

　목련꽃과 수선화는 친구처럼 혹은 연인처럼 시인에게 축
복으로 다가온 존재로 달콤한 사랑꾼이다. 우리말을 최대
한 살려 겨레의 시조를 쓰려는 노력이 아름답다.

벗님의 혼이 담긴 봉선화 씨와 모종
그 사랑 부응하듯 뒤뜰에 만개하니
길냥이 그 그늘 아래턱 고이고 눕나니

내 눈도 넋을 잃고 머물 곳 몰라 하니
숭고한 그 뜻대로 천지를 물들이네
보내기 아쉬운 이맘 손톱 위에 남기리
— 시조 「봉선화 연가」 전문

　끝으로 아가페(Agape) 사랑이다. 아가페는 고대 그리스
에서 지금까지 여러 가지 뜻으로 쓰여 왔지만, 보통 거룩
하고 무조건적인 사랑을 뜻한다. 초기 기독교인들은 이 용
어를 인류를 위한 하느님의 자신을 희생하는 사랑으로 부
르고 있다. 또, 아가페는 수많은 기독교 작가들이 기독교적

인 상황에서 서술해왔다. 아가페(agape)는 쉽게 말해 '절대적인 사랑'을 뜻한다. 바로 창조주인 하나님과의 사랑을 의미한다.

> 햇살이 부서지는
> 찬 공기 먹은 아침
>
> 임 그린 설렘 안고
> 새해의 문을 여네
>
> 순수한 열정 펼치던
> 처음 사랑 가지고
> – 시조 「살아갈 날을 위하여」

시인이 사는 삶은 혼자만의 삶이 아니라 가족과 함께 하는 절대자와의 아름다운 나눔과 소통이 있는 살이다. 그렇기에 새해를 맞이하는 시인의 삶은 절대자를 향한 처음 사랑이다. 곧 하나님은 사랑이기 때문이다.

> 눈부신 하늘빛이
> 아침 문 활짝 열어
>
> 눈동자 총명하니
> 생명은 숨 가쁘고
>
> 단풍 진 낙엽 헤치고

꽃잎들은 피어나

고운 빛 화려한 빛
꽃향기 진동하니

주름진 아낙 얼굴
시름이 쉬어가고

설렘 반 기대 반 속에
한껏 들뜬 또 오늘
– 시조 「또 오늘」 전문

아름다운 삶을 살아가는 아낙의 가슴에는 하늘의 섭리에
따른 생명의 약동함을 느낄 수 있으리라. 자연의 아름다움
과 새로운 삶을 살아가는 삶의 의지도 또한 하늘이 내린
천명이 아닐까 한다. 구름을 가르면서 힘차게 날아가는 새
들처럼 그렇게 젊음으로 시조를 쓰고 그림을 그리고 있는
것이다. 그것은 하늘이 주신 축복의 한 마당이며 웃음이
절로 나는 행복한 여인이 되었다. 그러기에 시인은 바로
'미소가 예쁜 여인'인 것이다.

구름을
가르면서
힘차게 하늘 나는

날갯짓 새들처럼

풋풋한 젊음 하나

축복의 삶의 한마당
싱그러운 미소여
  - 시조 「미소가 예쁜 여인」 전문

지금껏 서정희 시인의 시집을 읽으면서 느낀 점이 있다면 칠순이란 연륜에서 빚은 시와 그림은 마치 서산에 노을이 비낄 때의 아름다움이다. 그 아름다움은 바로 사랑이라는 삶을 통해서 하나님의 축복이 빚은 또 다른 행복이라고 말하고 싶다. 다시 말해 사랑의 빛깔로 빚은 노을빛 인생이라고 규정하고 싶다.
 이번 시집은 서정희 시인이 『계간 글벗』에서 시조 작품으로 신인문학상을 수상하면서 저서 출간의 기회를 얻었다. 앞으로도 겨레의 글빛으로 빚은 그의 아름다운 시조가 더욱 빛나길 기원한다.
 다시금 사랑의 빛깔로 수놓은 서정희 시인의 노을빛 인생을 응원한다.

■ 글벗시선 122 이정희 시조집

서산에 노을이 비낄 때

인 쇄 일 2021년 1월 20일
발 행 일 2021년 1월 20일
지 은 이 서 정 희
펴 낸 이 한 주 희
펴 낸 곳 도서출판 글벗
출판등록 2007. 10. 29(제406-2007-100호)
주　　소 경기도 파주시 와석순환로 16,(야당동)
　　　　　롯데캐슬파크타운 905동 1104호
홈페이지 http://guelbut.co.kr
E-mail juhee6305@hanmail.net
전화번호 031-957-1461
팩　　스 031-957-7319
가　　격 12,000원
I S B N 978-89-6533-165-0 04810

* 잘못된 책은 바꿔 드립니다.